LES FESTES
GRECQUES
ET
ROMAINES.

BALLET HEROIQUE

REPRESENTÉ

POUR LA PREMIERE FOIS,
PAR L'ACADEMIE ROYALE
DE MUSIQUE,

Le Mardi treiziéme Juillet 1723.

Le prix est de Quarante sols.

A PARIS,

Chez la Veuve de PIERRE RIBOU, sur le Quai des
Augustins, à la descente du Pont-neuf,
à l'Image saint Loüis.

_____

M. DCC. XXIII.

AVEC PRIVILEGE DU ROI.

AVERTISSEMENT.

LEs Fêtes Grecques & Romaines forment un Ballet d'une espece toute nouvelle. La Muse Lyrique n'avoit jusqu'à present tiré ses Poëmes que de la Chronique des Amadis, de l'Arioste, des Métamorphoses d'Ovide, du Tasse & d'autres semblables Auteurs. La France n'a encore soumis que la Fable à la Musique ; l'Italie plus hazardeuse a placé dans ses Opera les évenemens de l'Histoire. Les *Scarlatti* & les *Buononcini* ont fait chanter des Heros que les *Corneilles* & les *Racines* auroient fait parler. Enhardi par ces exemples, on s'est dispensé de glaner dans les Champs trop souvent moissonnez de la Mythologie & du Roman ; heureux si on est approuvé en ouvrant aux Poëtes du Theatre chantant une carriere digne d'occuper les genies amateurs du vraisemblable.

On a rassemblé dans ce Ballet les Fêtes de l'antiquité les plus connuës & qui ont semblé les plus favorables au Theatre & à la Musique. On les confond toutes sous le nom de Fêtes Grecques & Romaines, parce qu'effectivement Rome adopta tous les Dieux d'Athenes. On a pris soin d'assortir à ces Fêtes celebres des Avantures & des Noms illustres.

Les Jeux Olympiques étoient si fameux dès leur origine, qu'ils ont fourni à la Chronologie une de ses Epoques les plus considerables.

La Course des Chars étoit le plus noble des Exercices qu'on y couronnoit : Les Rois les plus avides de gloire sont entrez dans cette lice ; les Princesses même y ont triomphé. *Cinisque* Fille du Roi *Archidamus* obtint le Prix aux Jeux , de la 25ᵉ. Olympiade. La 91ᵉ. fut marquée par la gloire d'Alcibiade qui remporta cette couronne d'Olivier plus précieuse aux regards d'un Grec généreux que les Couronnes d'or enrichies de Diamans. On n'a pas travesti Alcibiade en Heros de l'Astrée ; il est si connu par ses amours volages qu'on n'auroit pû en faire un Amant fidele sans démentir grossierement les plus graves Historiens. On ne les suit pas dans l'ordre de ses galanteries. Ces sortes de faits peuvent s'arranger sur le Theatre au gré des Auteurs qui les y introduisent.

Cette Peinture exacte de la legereté d'Alcibiade ne déplaira peut-être pas aux Inconstans de notre Siécle : ils ne seront pas fâchez de trouver leur Modele dans la respectable antiquité.

On espere que les Baccanales paroîtront liées à l'intrigue qui leur convenoit le mieux. Cleopatre ordonne avec justesse une Fête originaire d'Egypte. On sçait que Marc-Antoine allant à la premiere Expedition de la guerre des Parthes s'arrêta dans la Cilicie , & qu'il y fit appeller cette aimable Reine accusée d'avoir soutenu le Parti de Brutus & de Cassius, avec ordre de venir se justifier ; mais s'il la

manda comme Juge , il la reçut comme Amant. L'arti-
ficieuſe Cleoaptre ſuivie par de Jeunes & charmantes
Egyptienes repreſentant les graces, & par des Enfans carac-
teriſez en Amours, apporta des Dons magnifiques à Antoine. On a mêlé dans le Divertiſſement de cette Entrée des
Baccantes & des Egypans à ces Graces & à ces Amours;
falſification hiſtorique fondée ſur l'Hiſtoire même. Si ce
mélange altere un fait, il remplit un caractere.

Cléopatre étoit une adroite Politique. Ne rend-on pas
ſon portrait plus reconnoiſſable en la faiſant arriver dans le
Camp des Romains occupée à celebrer un Dieu cher à leur
General ? Pouvoit-elle ſe preſenter devant Antoine dans
un inſtant plus favorable ? Elle connoiſſoit l'entêtement
de ce Romain qui ſe piquoit de reſſembler à Baccus &
qui fit dans *Epheſe* une entrée ſuperbe où il ſe montra cou-
vert des habillemens & paré des attributs du Vainqueur de
l'Inde. Ce ne fut pas la ſeule Ville qui le conſidera dans cet
équipage ; cependant cet inſigne Voluptueux avoit com-
mencé ſa Carriere en Heros ; c'eſt le tems qui a été ſaiſi
pour le peindre dans la Scene d'expoſition. Sa défaite par
l'Amour fut rapide , & *Plutarque* en eſt garand.

Quant à l'Entrée des Saturnales on n'y a pas répandu
le Comique autoriſé par la liberté de la Fête. Des Critiques
reſpectables prétendent que les ſituations plaiſantes ſont
déplacées ſur le Theatre Lyrique. Quoique l'experience
n'ait pas toujours appuyé cette opinion , comme elle ſou-
tient le parti le plus noble, on a cru devoir la ſuivre dans un
Poëme conſacré à l'Hiſtoire. On a donné une Parente à Me-

cene , & on a donné à cette Parente un nom celebré par Tibule. La prévention du favori d'Augufte pour les talens de l'efprit n'a pas befoin d'être prouvée : elle fonde le dé- nouëment; de plus Tibule avoit de la Naiffance; fes Ancê- tres ne le rendoient pas indigne de l'alliance d'un Romain iffu des Rois d'Etrurie. Les Auteurs varient fur la durée de la Fête des Saturnales , les uns la font de trois jours , d'autres la pouffent jufqu'à fept ; ce dernier terme convient au deffein de Tibule, & lui permet de joüir de fon traveftif- fement. Il eft inutile de détailler ici les Loix des Saturnales, elles font connuës de tous ceux qui connoiffent *Lucien.* Ses Dialogues nous apprennent que tout fe pardonnoit pendant cette Fête indulgente & que les Efclaves pou- voient rifquer impunément bien des familiarités puniffa- bles dans un autre faifon. Au refte, on a tellement devoüé ce Ballet à l'Hiftoire qu'on a emprunté d'elle jufqu'aux décorations. *Plutarque* a fourni la Barque fuperbe de la Reine d'Egypte, fon Pavillon brodé d'or, les Rames d'ar- gent, & jufqu'au concert de Flûtes qui accompagnent cette Princeffe lorfqu'elle defcend fur les Rivages du fleu- ve Cydnus. L'illumination des Saturnales fe trouve dans les Faftes de Rome: on s'envoyoit à cette Fête de la Bougie , coutume empruntée des Pelafgiens. On a négligé dans ce Ballet le merveilleux des enchantements & des defcen- tes de Divinités. On s'eft écarté d'une route frayée depuis longtems & quelquefois mal fuivie , on n'apprendra que trop tot fi on s'eft égaré.

ACTEURS & ACTRICES CHANTANS
dans tous les Chœurs du Prologue & du Ballet.

Coste' du Roy.	Coste' de la Reine.
Mesdemoiselles	*Mesdemoiselles*
Constance.	Millon.
Souris-L.	La Roche.
Antier-C.	Tettelette.
Catin.	Charlard.
Royer.	Perignon.
	Ducoudray.
	Mangot.
Messieurs	*Messieurs*
Flamand.	Corbie.
Brêmond.	Lemire-L.
Loüet.	Morand.
Saint Martin.	Dautrep.
Deshayes.	Corail.
Grand-sire.	Houbeau.
Buzeau.	Duchesne.
Dupleffis.	Millar.

ACTEURS CHANTANS
DU PROLOGUE.

APOLLON,   M. Thevenard.
CLIO, *Muse de l'Histoire*,   Mlle. Lemaure.
ERATO, *Muse de la Musique*,   Mlle. Antier.
TERPSICORE, *Muse de la Danse.*
Eleves d'Erato chantans.
Eleves de Terpsicore dansans.

La Scene est dans la Place du Temple de Memoire.

ACTEURS DANSANS
DU PROLOGUE.

TERPSICORE Muse de la Danse.
Mademoiselle Prevost.

CHEF DE LA DANSE.
Monsieur Blondy.

SUITE DE TERPSICORE.

Monsieur de Laval, Mademoiselle Delisle.

Messieurs Dumoulin L., Mion, Javilier, Pieret,
Mesdemoiselles la Feriere, Delastre, Lemaire, Rey,
Rolan, Tibert.

PROLOGUE.

PROLOGUE.

Le Théatre represente au fonds le Temple de Memoire orné des Statuës des grands Hommes & d'Inscriptions à leur loüange. On y arrive par une grande & magnifique Place décorée dans le même goût. Les Eleves d'Erato s'y trouvent rassemblez par l'ordre d'Apollon pour seconder les desseins de la Muse de l'Histoire.

SCENE PREMIERE.

CLIO *aux Eleves d'Erato.*

Vous qui consacrez votre aimable génie
    A la Muse de l'Harmonie,
Répondez à mes vœux, secondez ses efforts.
Apollon vous rassemblé au Temple de Memoire,

b

PROLOGUE.

Pour les Heros fignalez dans l'Hiftoire
Je vous demande des accords.
Des Guerriers fabuleux c'eft trop chanter la Gloire,
Hâtez-vous d'éprouver de plus nobles tranfports.

CLIO à ERATO.

Quoi Mufe équitable & fincere
Qui défendez de l'injure des tems
Les folides Vertus, les Exploits éclatans,
La verité qui vous éclaire
Voudra-t-elle fouffrir nos Jeux ?
Je crains fon flambeau rigoureux.

CLIO.

La Verité n'eft pas toujours fi redoutable ;
L'Hiftoire auffi bien que la Fable
Peut fournir à vos chants des Heros amoureux.
Il n'eft pas un Vainqueur qui ne foit Tributaire
Du doux Empire de Cythere.

CLIO à ERATO.

Les plus inflexibles Guerriers
Ont reffenti les tendres Peines :
Amour, fous leurs Lauriers
On apperçoit tes chaines.

ERATO *à sa suite.*

Soûtenez un choix glorieux ,
Vous que cherit la Seine & que le Tibre admire.
Vous enchantez par votre Lyre
Et les Palais des Rois & les Temples des Dieux.
En celebrant l'Amour vous lui donnez des armes;
Il triomphe quand vous brillez.
Les Rossignols au Printems rassemblez
Ne chantent pas plus tendrement ses charmes.
En celebrant l'Amour vous lui donnez des armes;
Il triomphe quand vous brillez.

CHOEUR *des Eleves d'Erato.*

Regnez dans nos Fêtes nouvelles
Regnez Amours , charmans Vainqueurs ,
Venez y verser les douceurs
Qui font le Prix des cœurs fidelles.

Apollon arrive seul à la fin du Chœur.

CLIO.

Apollon vient ici, quel honneur pour nos Jeux !
Rien ne manque plus à nos vœux.

APOLLON.

Pour les favoriser je quitte le Permesse ,
Instruit de vos projets , j'en veux être temoin ;

b ij

PROLOGUE.

Je préfide à vos Jeux, leur gloire m'intereffe,
 Et c'eft à moi d'en prendre foin ;
Vous allez expofer fur la Lyrique Scene
Des Heros l'ornement & de Rome & d'Athene.

Non, ce n'eft pas affés de vos charmans concerts,
 Une Mufe vous manque encore.
Croyez-vous réunir les fuffrages divers
 Sans le fecours de Terpficore ?

C'eft en vain qu'aujourd'hui des chants mélodieux
 Sur la Scene appellent les Graces :
Si la Danfe n'amufe & ne charme les yeux
L'Ennui fuit les Plaifirs & vole fur leurs traces.

ERATO.

Ceffez de nous vanter Terpficore & fes pas,
 Nous connoiffons tous fes appas.

On entend un Prélude qui annonce Terpficore.

APOLLON.

Je l'entens, profitez, Mufe de fa préfence.
ERATO.
Je remplirai votre efperance.

*Terpficore arrive à la tefte de tous fes Eleves differem-
ment habillez & caracterifez.*

APOLLON.

Terpſicore, regnez, prêtez-leur vos attraits.

ERATO.

De mes chants marquez la cadance.

ERATO, CLIO, & APOLLON.

Charmante Muſe de la Danſe
Les Jeux que vous ornez triomphent à jamais.

On danſe.

APOLLON.

Retracez aujourd'hui les plus aimables Fêtes
Qui des Vainqueurs du monde amuſoient les deſirs :
La grandeur ordonnoit leurs Jeux & leurs Conquêtes ;
L'Univers admiroit leur gloire & leurs plaiſirs.

CHOEUR *des Eleves de Terpſicore & d'Erato.*

A des emplois nouveaux, Apollon nous appelle,
Ranimons nos pas & nos voix,
Et marquons notre zele
Au Dieu qui nous donne des Loix.

Erato & Apollon célébrent les loüanges de Terpsicore
dans une Cantate, & la Muse de la Danse en exprime les
Simphonies & les Chants variez, par ses pas & ses attitudes.

ERATO & APOLLON.

Quelle danse vive & legere !
Les Jeux les Ris vous suivent tous :
Muse brillante , auprès de vous
On voit plus d'Amours qu'à Cythere.

ERATO.

Vous peignez à nos yeux les transports des Amans.
Les tendres soins , la flateuse esperance ,
Le Desespoir jaloux , la cruelle Vangeance ;
Tous vos pas font des sentimens ;

APOLLON.

Zéphire vole sur vos traces
Plus vif que dans les plus beaux jours :
Vos pas enviez par les Graces
Sont applaudis par les Amours.

PROLOGUE.

Quelle danſe vive & legere !
Les Jeux les Ris vous ſuivent tous ;
Muſe brillante, auprès de vous
On voit plus d'Amours qu'à Cythere.

CHŒUR.

Muſe brillante, auprès de vous
On voit plus d'Amours qu'à Cythere.

Fin du Prologue.

ACTEURS CHANTANS
DU BALLET.

PREMIERE ENTRE'E.

ALCIBIADE, *Vainqueur de la Courſe des Chars,
Amant d'Aſpaſie.* M. Thevenard.

TIME'E, *aimée d'Agis, Roi de Sparte, & Amou-
reuſe d'Alcibiade,* Mlle. Lemaure.

ASPASIE, *belle Grecque nommée pour diſtribuer les
Prix aux Vainqueurs des Jeux,* Mlle. Ermans.

AMINTAS, *Confident d'Alcibiade,* Mlle. Tribou.

ZE'LIDE, *Confidente de Timée,* Mlle. Conſtance.

Vainqueurs de la Lutte, du Diſque, du Ceſte & du Saut.

Spectateurs des Jeux.

La Scene eſt dans l'Elide près du Temple de Jupiter Olympien.

SECONDE ENTRE'E.

MARC ANTOINE. M. Thevenard.

E'ROS, *Affranchi de Marc Antoine.* M. Grenet.

CLEOPATRE, *Reine d'Egypte,* Mlle. Antier.

Egyptiens & Egyptiennes en Amours & en Graces.

Egyptiens & Egyptiennes en Egypans & Baccantes.

Soldats Romains.

*La Scene eſt dans le Camp des Romains ſur les bords du fleuve
Cydnus dans la Cilicie.*

TROISIE'ME

TROISIE'ME ENTRE'E.

DÉLIE, *Parente de Mecene, Favori d'Auguste*,
Mlle Antier.

PLAUTINE, *Confidente de Délie*, Mlle Souris.

TIBULE, *Chevalier Romain déguisé en Esclave, sous le nom d'Arcas*,
M. Muraire.

Deux Bergeres,

Bergers & Bergeres dansans.

Esclaves Pantomimes sous les habits de leurs Maîtres.

La Scene est dans la maison de campagne de Mecene.

ACTEURS DANSANS
DU PROLOGUE.

PREMIERE ENTRE'E.

TRIOMPHE D'ALCIBIADE.

GRECQUES.

Monſieur Dupré.
Meſſieurs Dumoulin-L. Mion , Javilier , Pieret ,
Maltaire-L. Duval.
Mademoiſelle Menès.
Meſdemoiſelles Dupré , Duval , la Ferriere , Delaſtre ,
Deliſle , Rey.

LUTEURS.

Meſſieurs Blondy , Marcel.

COUREURS.

Meſſieurs Laval , Maltaire-L.

SECONDE ENTRÉE.

LES BACCANALES.

LA JEUNESSE.

Mademoiselle Petit.

EGYPANS.

Monsieur D. Dumoulin.
Messieurs Mion, Pieret, P. Dumoulin, Dangeville,
Maltaire L. Duval.

BACCANTES.

Mesdemoiselles Dupré, Duval, Delisle, Rey, Thiery,
Lemaire.
Monsieur Marcel, Mademoiselle Menès.

DEUX AMOURS.

Messieurs Javilier, Joüan.

TROISIE'ME ENTRE'E.

LES SATURNALES.

ESCLAVES déguisez avec les habits de leurs Maîtres.

Messieurs Dumoulin-L. Mion, Javilier, Pieret.

BERGERS & BERGERES.

Monsieur F. Dumoulin.

Monsieur D. Dumoulin, Mademoiselle Prevost.

Messieurs P. Dumoulin, Laval, Dangeville, Maltaire-L. Duval, Maltaire-C.

Mesdemoiselles Laferiere, Delastre, Delisle, Rey, Tibert, Rolan.

LES JEUX

LES JEUX OLYMPIQUES.

PREMIERE ENTRÉE.

*Le Théatre represente au fond, le Temple de Jupiter
Olympien, & au devant, une Avenuë d'Arbres entre-
mélés près du Temple de Statuës Equeftres des Vainqueurs des Jeux; & plus loin de Groupes, exprimans
les Travaux d'Hercule, Inftituteur des Jeux Olympiques.*

SCENE PREMIERE.

TIMÉE *feule.*

DOIS-TU, cruel Amour, te fervir d'un volage

Pour te foumettre un tendre cœur ?
Mes yeux ne regnent plus fur l'objet qui m'engage;

A

L'infidele éteint fon ardeur
Dés qu'il fçait que je la partage ;
Dois-tu ,cruel Amour , te fervir d'un volage
Pour te foumettre un tendre cœur ?

SCENE II.

TIME'E, ZE'LIDE.

ZE'LIDE.

Tandis que près d'ici la Grece raffemblée
Applaudit au Vainqueur des Jeux,
Tandis que tout comble vos vœux
Vous fuyez les plaifirs , vous paroiffés troublée . . . .

TIME'E.

Ah ! que mon fort eft rigoureux !

Pour jouir d'un moment tranquile
J'errois feule dans ce féjour :
Je cherche en vain la paix dans cet augufte azile,
Hélas ! les tendres cœurs trouvent par tout l'Amour.

ZE'LIDE.

Vous foupirez ! votre chagrin m'étonne:
De Sparte où les Vertus regnent avec les Rois

Agis vous offre la Couronne,
Vous pouvez faire encore un plus illuftre choix,
Le plus charmant Héros à vos fers s'abandonne,
Le cœur d'Alcibiade . . . . .

T I M E' E.

Il n'eft plus fous mes Loix.
Apprens mon fort ; conçois ma jufte jaloufie :
Mon amour, mes foupirs, mes foins font fuperflus ;
Alcibiade aime Afpafie,
L'Inconftant ne changera plus.

Z E' L I D E.

Quoi, vous ne feriez plus aimée !
Je n'ai point apperçu ce fatal changement.

T I M E' E.

Il n'a pu tromper un moment
Les regards de Timée.

J'aime trop mon Amant, hélas !
Pour ignorer fon inconftance.
Le tendre amour ne s'aperçoit-il pas
De tout ce qui détruit fa plus chere efperance ?
J'aime trop mon Amant, hélas !
Pour ignorer fon inconftance.

Timée apperçoit de loin Alcibiade entre les Arbres.

Il vient. Quels doux tranſports paroiſſent l'agiter ?
Ecoutons ſes diſcours ; ce lieu nous eſt propice.

Z E L I D E.

Vous vous repentirés d'employer l'artifice.

    Il eſt dangereux d'écouter
    Les ſecrets d'un cœur infidelle.
On riſque d'en ſçavoir quelqu'offence nouvelle,
    De ſon crime il vaut mieux douter :
    Il eſt dangereux d'écouter
    Les ſecrets d'un cœur infidelle.

T I M E E.

Viens. A l'Amour jaloux je ne puis reſiſter.

Timée emmenne Zélide, & va ſe cacher derriere les
Statuës.

SCENE III.

ALCIBIADE, AMINTAS, TIME'E, & ZE'LIDE, *cachées.*

AMINTAS.

Dans vos yeux satisfaits on lit votre Victoire.
Vous avez de nos Jeux remporté tout l'honneur.

ALCIBIADE.

Tu ne vois que ma gloire
Apprens les plaisirs de mon cœur.
La charmante Aspasie
Par les Grecs vient d'être choisie
Pour me livrer le prix ordonné dans nos Jeux,
Et son cœur en secret est sensible à mes feux.

Tous mes vœux sont remplis : la beauté qui m'en-
chante
Va me couronner dans ce jour :
La Couronne la plus brillante
S'embellit en passant par les mains de l'Amour.

AMINTAS.

Quoi vous êtes déja dans des chaines nouvelles ?
Aspasie est sensible à vos feux infidelles !

A iij

ALCIBIADE.

L'Amour nous a tous deux frappez des mêmes coups.

Sous les Ombres du myftere
Nous trompons les yeux jaloux :
Contens d'aimer & de plaire,
Nous cachons des feux fi doux
Sous les ombres du myftere.

AMINTAS.

Je le vois : vous voulez éviter la colere
De l'objet que trahit votre légereté :
Se peut-il qu'un Heros que la Raifon éclaire
Suive toujours la nouveauté ?

ALCIBIADE.

Mon cœur fait pour l'independance
Neglige la fidelité :
Et je trouve dans l'inconftance
L'image de la Liberté.

AMINTAS.

Changer d'amour c'eft changer d'efclavage ;
L'inconftant ne peut être heureux dans fes defirs :
Un cœur qui de fes nœuds fi fouvent fe dégage
Prouve qu'ils ne font pas formez par les plaifirs.

ALCIBIADE.

Notre cœur doit changer fans ceffe
Pour n'avoir que de doux momens :
Les premiers jours de la Tendreffe
En font les jours les plus charmans.

AMINTAS.

L'Amour vous punira d'une erreur qui l'offence.

ALCIBIADE.

En fervant fon pouvoir craindrois-je fa vangeance ?

Plus d'une Beauté chaque jour
Par un volage eft affervie :
Un fidele Amant dans fa vie
Ne foumet qu'un cœur à l'Amour.

AMINTAS.

Peut-on fi hautement fe declarer volage ?
Doit-on foupirer en tous lieux ?

ALCIBIADE.

De la Divinité l'encens eft le partage ;
Les foupirs font l'hommage
Qu'exigent de beaux yeux.
Gardons-nous de former des chaines éternelles ;
On doit encenfer tous les Dieux ;
On doit aimer toutes les Belles.

AMINTAS.

Ainſi vous trahiſſez la flâme & les appas
D'une fidelle Amante ?

ALCIBIADE.

En voyant l'objet qui m'enchante
Quelle ardeur, quels attraits ne trahiroit-on pas ?

SCENE IV.

ALCIBIADE, AMINTAS, TIME'E,
ZE'LIDE.

TIME'E.

AH ! ç'en eſt trop, perfide, arrête...
Eſt-ce donc là le ſort que l'Elide m'apprête ?
Je reſſens à la fois l'Amour & la Fureur......
Eh ! quoi, n'ai-je plus d'eſperance ?
Cruel, rens moi ton cœur
Ou mon indifference.
Mais non, rien ne pourroit, hélas ! me dégager ;
Reviens ; l'Amour conſtant prés de moi te rappelle.
Tu ne rougis pas de changer,
Change encore une fois pour devenir fidelle.

ALCIBIADE.

ALCIBIADE.

Ne me montrez que du courroux;
Je ne puis calmer vos allarmes:
Oubliez un volage, attendez de vos charmes
Un Amant plus digne de vous :
Je ne mérite plus vos soupirs & vos larmes.....

TIMÉE.

Les as-tu jamais méritez ?
Ingrat, crains mes feux irritez.
Ma douleur te sera fatale :
Ma vangeance bientôt éclairant ma Rivale
L'instruira de quel prix est ton perfide cœur,
Je la verrai rougir de sa victoire....

ALCIBIADE.

Une Amante croit peu sa Rivale en fureur :
Dans un cœur enflâmé l'Amour seul se fait croire.

Calmez ce dépit éclatant :
Votre courroux m'est favorable :
Plus on se plaint d'un inconstant,
Plus on le fait paroître aimable.

B

TIMÉE.

Cruel! ç'en eft donc fait ? fans regret, fans remords,
     Vous vous livrez à l'inconftance ?
Ah! du moins fufpendez mes funeftes tranfports;
Deguifez un moment l'excès de votre offence ....
Alcibiade ... hélas! ... vous gardez le filence ....
Vous fuyez mes regards ....

On entend un bruit de Trompettes, qui annoncent
le Triomphe d'Alcibiade.

          Mais on vient , Juftes Dieux !
C'eft ici que l'on doit couronner ton adreffe :
     Dérobons ma honte à la Grece ,
Hâtons-nous d'éviter un fpectacle odieux.
     C'eft trop long-tems pour un perfide
     Refufer les vœux d'un grand Roi ;
Ingrat , je vole à Sparte en fortant de l'Elide ;
Agis aura ma main s'il me vange de toi.

SCENE V.

LE TRIOMPHE D'ALCIBIADE.

ALCIBIADE, AMINTAS, ASPASIE.

GRECS *Spectateurs des Jeux,* ATHLETES *de la Lute, du Ceste, de la Course, du Disque & du Saut.*

CHOEUR.

VOus avez dans nos yeux remporté la Victoire.
   Que ce Triomphe est beau ! qu'il est digne de
   vous !
   Les plus grands Dieux en ont été jaloux :
Leur gloire & leur exemple augmentent votre
   gloire.

ASPASIE *arrive, accompagnée d'une Troupe aimable de jeunes Grecques qui la suivent en dansant ; elle présente à Alcibiade une Couronne d'Olivier, Prix consacré aux Vainqueurs des Jeux Olympiques.*

ASPASIE.

Triomphez, recevez l'honneur
   Que vous accorde la Victoire.
Aspasie en ce jour vient acquiter la gloire
   De ce qu'elle doit au Vainqueur

B ij

Triomphez, recevez l'honneur
Que vous accorde la Victoire.

ALCIBIADE.

Dans cette heureux inftant tout l'excès de ma gloire
N'eft bien connu que de mon cœur :
Quand vous couronnez un Vainqueur
Il vous doit plus qu'à la Victoire.

Danfe des Athletes de la Lute.

ASPASIE.

Amans, que le myftere amene dans nos Fêtes
Vous laiffez l'éclat aux Guerriers.
Plus l'Amour cache fes Conquêtes.
Plus il mérite de Lauriers.
Les Plaifirs ignorez font votre doux partage,
Et vous ne confiez qu'à vous votre bonheur :
Il ne vous faut jamais qu'un unique fuffrage,
C'eft celui de l'objet qui charme votre cœur.
Amans, que le myftere amene dans nos Fêtes
Vous laiffez l'éclat aux Guerriers :
Plus l'Amour cache fes Conquêtes,
Plus il mérite de Lauriers.

Danfe des Athletes de la Courfe.

UNE GRECQUE.

Les Prix que la Gloire préfente
N'attirent pas tous les cœurs dans fa Cou
Il en eft que conduit une plus douce attente ;
L'Univers doit fouvent fes Heros à l'Amour.

On danfe.

ASPASIE.

Eclatez brillantes Trompettes,
Celebrez le Vainqueur, qu'il triomphe à jamais.
Faifons retentir ces Retraittes,
Des Concerts de Bellone, & des Chants de la Paix.

LE CHOEUR *repete ces quatre Vers.*

LES BACCANALES.

SECONDE ENTRÉE

*Le Théatre reprefente le Camp des Romains fur les bor s
du Fleuve Cydnus dans la Cilicie.*

SCENE PREMIERE.

ANTOINE, E'ROS *fon Affranchi.*

E'ROS.

SEIGNEUR, vous meditiez une illuftre
Conquête,
Et vous alliez punir les Parthes incon-
ftans,
Sur les Bords du Cydnus, quel projet vous arrête ?

ANTOINE.

C'eſt Cleopatre que j'attens.
Mon ordre appelle ici cette Reine infidelle ;
Elle a ſervi Brutus & ſa haine rebelle ,
Les Romains en ſont mécontens.

EROS.

Verrez-vous ſans peril cette Reine charmante ?

ANTOINE.

Non , ne crains pas que j'augmente
Ses Triomphes éclatans.

Mon cœur eſt conduit par la Gloire,
L'Amour pourroit-il l'égarer ?
Sur les traces de la Victoire
Quels appas puis-je rencontrer
Qui l'effacent de ma memoire ?
Mon cœur eſt conduit par la Gloire,
L'Amour pourroit-il l'égarer ?

EROS.

Le Vainqueur de Pompée a brûlé pour les charmes
Qui vont briller à vos regards :
Où votre cœur trouvera-t'il des armes
Pour oppoſer aux traits qui domptent les Ceſars ?

ANTOINE.

Les traits que l'Amour lance
Ne font pas tous victorieux :
Et contre fa puiffance
Le Héros le plus glorieux
N'eft pas toujours celui qui fe défend le mieux.

Je te le dis encore,
Ne crois pas que je cede à des traits impuiffans.
Ce n'eft pas à l'Amour que j'offre mon encens ;
C'eft un Dieu conquerant, c'eft Baccus que j'adore.

EROS.

Rival de fa valeur, charmé de fes emplois,
Vous l'avez imité cent fois.

ANTOINE.

Les Romains ne font nez que pour dompter la Terre,
Et l'Amour n'eft pas fait pour être leur Vainqueur:
Lorfque dans cent climats on veut porter la guerre
Il faut fçavoir triompher de fon cœur.

ANTOINE & EROS.

Un Laurier que la gloire donne
Vaut tous les Mirthes des Amans.

ANTOINE.

ANTOINE.
Quels heureux jours ! quels doux momens !
Quand la Victoire nous couronne !

ANTOINE & E'ROS.
Un Laurier que la gloire donne
Vaut tous les Mirthes des Amans.

SCENE II.

ANTOINE, E'ROS, CLE'OPATRE,
EGYPTIENNES *en Graces & Bacchantes,*

EGYPTIENS *en Amours & en Egypans.*

*On voit paroître de loin fur le Fleuve Cydnus une Bar-
que fuperbe, dont la Poupe eſt d'or, & les Rames d'ar-
gent. La Reine d'Egypte magnifiquement habillée, &
couchée fous un Pavillon de pourpre tiſſu d'or ; de petits
Egyptiens, déguiſez en Amours, ſont à ſes pieds : d'autres Barques chargées d'Egyptiens en Egypans, &
d'Egyptiennes en Graces & en Baccantes, accompagnent
celle de Cléopatre, & s'approchent lentement du Rivage.*

ANTOINE.
Mais du Fils de Semelé & du Dieu de Cythere
Les aimables Sujets s'aſſemblent à mes yeux !
Baccus eſt-ce Ariane ? Amour eſt-ce ta Mere
Qui les réünit dans ces lieux ?

C

Les Soldats Romains sortent de leurs Tentes & accourent
de tous côtés sur le Rivage, pour voir cette Flotte
galante.

CHOEUR des Romains.

Lorsqu'elle veut charmer le Monde ,
C'est ainsi que Venus se promene sur l'onde.

Les Egypans & Baccantes font leur Débarquement au son
des Haut-Bois qui les précede. Cléopatre les suit, &
deux Romains la conduisent près d'Antoine.

CLEOPATRE.

Vous voyez Cléopatre odieuse aux Romains ,
     Et peut-être , hélas ! à vous-même :
J'obéis en tremblant à votre ordre suprême ,
Et je viens déposer mon Sceptre dans vos mains.

ANTOINE *à part.*

Que devient ma fierté ? tous ses efforts sont vains.

CLEOPATRE.

Je sçai que de Baccus vous cherissez la gloire ;
L'Egypte la premiere honora sa Mémoire,
J'ai cru que sur ces bords vous souffririez nos Jeux.
Vous qui nous rappellez le Vainqueur génereux,
     Qui d'une Amante déplorable
Adoucit dans Naxos le destin rigoureux
     Me serez-vous inexorable ?

La Fille de Minos poſſédoit mille appas ,
Il eſt vrai, la beauté ſe rend tout favorable ,
Rarement un Heros ne la protege pas ,
Mais pourquoi trouverois-je un cœur impitoyable ?
    Ariane étoit plus aimable ,
    Je ſuis plus malheureuſe , hélas !
    Me ſerez-vous inexorable ?

ANTOINE.

Si Baccus avoit vû l'éclat de vos beaux yeux
Lorſqu'Ariane en pleurs ſur un triſte rivage
Toucha par ſes regrets ce Dieu victorieux ,
Elle leut longtems pleuré la fuite d'un Volage.

CLEOPATRE.

    Seigneur , je venois devant vous
    Juſtifier mon innocence . . . .

ANTOINE.

Votre premier regard en a pris la défence.

CLEOPATRE.

Quel Dieu vient de fléchir pour moi votre couroux.

ANTOINE.

Reconnoiſſez l'Amour au pouvoir de ſes coups.

Lorſque loin de vos yeux on me peignoit vos charmes
La ſuperbe Raiſon me promettoit des armes
    Contre leurs plus aimables traits :

Mais , hélas ! quelle différence
D'entendre vanter leur puissance ,
Ou de voir briller leurs attraits !

CLEOPATRE.

Non , je ne puis vous croire :
L'Amour à triompher met-il si peu d'instans ?
Si l'on voit des Heros lui ceder la Victoire
Ils la disputent plus longtems.

ANTOINE

Du terrible Dieu de la Thrace
L'Amour dans ses exploits efface
La plus vive rapidité :
On donne bien des jours à la plus courte guerre ;
Un seul instant suffit à la beauté
Pour Triompher des Vainqueurs de la terre.

CLEOPATRE.

Ne vous obstinez pas à troubler mon repos ;
Rome défend à ses héros
D'oser soupirer pour des Reines . . . . .

ANTOINE.

Je lis dans vos beaux yeux des Loix plus souveraines.

CLEOPATRE

Quoi ! Rome vainement condamneroit vos feux ?
Vous pourriez de Fulvie abandonner les chaines ?

ANTOINE

Je ne connois plus que vos nœuds :
Confentez que l'Amour à jamais nous uniffe.

CLEOPATRE

Quand vous m'offrez un fi grand Sacrifice ,
Seigneur, en les comblant vous allarmez mes vœux !
 Puis-je compter fur la conftance
 Du feu qui vous brûle en ce jour ?
 Je n'ofe écouter l'efperance ,
 Ah ! devrois-je écouter l'Amour ?
Je ne fçai que trop bien connaitre
Le prix du cœur qu'on vient m'offrir ;
Mais une ardeur fi prompte à naître
Eft quelquefois prompte à mourir.
 Puis-je compter fur la conftance
 Du feu qui vous brûle en ce jour ?
 Je n'ofe écouter l'efperance ,
 Ah ! devrois-je écouter l'Amour ?

ANTOINE

Tout vous garantit la conftance
Du feu qui me brûle en ce jour :
Ne retardez pas l'efperance
Et qu'elle vole avec l'Amour.

Mes foins vous feront mieux connaître
Quelle ardeur j'ofe vous offrir :
Un feu que vos yeux ont fait naître
Eft fûr de ne jamais mourir.
   Tout vous garantit la conftance
   Du feu qui me brûle en ce jour.
   Ne retardez pas l'efperance
   Et qu'elle vole avec l'Amour.
   Daignez enfin me faire entendre
Quel Sort à mes foupirs vous voulez referver ?
Douterez-vous longtems de l'Amour le plus tendre ?

CLEOPATRE,

Douter de votre Amour n'eft-ce-pas l'aprouver ?

à fa fuite.

   Dans ces lieux, témoins, de ma gloire
Revenez , achevez les Jeux interrompus ;
   Mon cœur celebre ma Victoire ,
   Que vos chants celebrent Baccus.

SCENE III.

CLEOPATRE, ANTOINE, E'ROS,

EGYPTIENS en *Amours* & en *Egypans*,
EGYPTIENNES en *Graces* & en *Bacchantes*,
& *Soldats Romains*.

ANTOINE & CLEOPATRE.

Reuniſſez vos voix & vos hommages,
Mêlez vos vœux & vos concerts :
Que le Nom de Baccus chanté ſur ces Rivages
S'éleve avec l'encens & yole dans les airs.

CHOEUR.

Réuniſſons nos voix & nos hommages,
Mêlons nos vœux & nos concerts :
Que le Nom de Baccus chanté ſur ces rivages,
S'éleve avec l'encens & vole dans les airs.

Danſe des Egypans & des Baccantes.

ANTOINE & CLEOPATRE.

Les Ris, les Graces
Suivent Baccus dans ce ſéjour :
L'Amour ſur leurs traces
Vient lui-même embellir ſa cour.

Ces Dieux s'uniſſent
Pour mieux répondre à nos deſirs ;
Que ces Lieux retentiſſent
De leur gloire & de nos plaiſirs.

On danſe.

CLEOPATRE

Brillez, jouiſſez de la paix,
Plaiſirs, dans le ſein de la guerre :
Suſpendez l'effroi de la Terre.
Volez, ne nous quittez jamais.
Prés de Bellone même ici tout eſt tranquile ;
Amour, ne nous allarmez pas ;
Le Sejour du Dieu des Combats
Pour le Fils de Venus doit être un ſûr azile.
Brillez, jouiſſez de la paix,
Plaiſirs, dans le ſein de la guerre :
Suſpendez l'effroi de la Terre,
Volez, ne nous quittez jamais.

On danſe.

UNE EGYPTIENNE *en Baccante.*

Regnez charmans Amours,
Volez ſous cet ombrage :
Regnez charmans Amours,
Venez nous donner de beaux jours.

Qui

Qui vient fur ce Rivage
Y trouve l'efclavage,
Mais il eft fi doux
Que l'on eft jaloux
De fentir fes coups.

Ah ! que d'heureux inftans
Promet ce jour tranquile !
Ah ! que d'heureux inftans
Fera naître ici le Printems !
Amans, ce bord fertile
Vous offre un fûr azile.
Goûtez fes douceurs,
La Saifon des fleurs
Eft celle des cœurs.

Le Chœur chante ces deux couplets alternativement avec l'Egyptienne en Baccante.

D

LES SATURNALES.

TROISIÉME ENTRÉE.

Le Théatre represente les Jardins de la maison de Campa-
gne de Mecene ornés pour la Fête.

SCENE PREMIERE.

DE'LIE , PLAUTINE.

PLAUTINE.

'Esclave qui toujours se presente à vos yeux
Quoi, le fidele Arcas est le tendre Tibule?

DE'LIE.

Oüi , le feu qui pour moi le brûle
Sous ce déguisement l'attire dans ces lieux.

C'eſt un projet de ſa délicateſſe.
Avant de laiſſer voir l'excès de ſon ardeur
Il vouloit pénétrer le ſecret de mon cœur :
Reſolu d'immoler ſa flâme à ma tendreſſe
Si ſes Soins d'un Rival découvroient le bonheur.

PLAUTINE.

Aujourd'hui de Saturne on celebre la fête ;
Dans ces tems fortunez (j'en ſçai les douces Loix)
L'Eſclave égal au Maître en poſſede les droits.
    Le Chagrin fuit, la Colere s'arrête,
Le Tibre ſur ſes bords revoit la Liberté,
    Tibule en aura profité ?

DE'LIE.

Il ſe croit inconnu : le tranſport qui l'enflâme
Conduit par le reſpect ſe cache dans ſon ame.

PLAUTINE.

Que l'on perd de doux inſtans
Lorſque l'on ſuit trop longtems
Le Reſpect toujours timide !
    C'eſt un Guide
Qui n'enſeigne pas aux Amours
    Les chemins les plus courts.

Mais que craint votre Amant ? on diroit qu'il ignore
De qui dépend la main de l'objet qu'il adore !
Qu'il s'explique à Mecene, il verra près de lui
Apollon à l'Amour accorder son appui.

DE'LIE.

L'Amour ne veut devoir son bonheur qu'à lui-même.

PLAUTINE.

Eh ! comment sçavez-vous que Tibule vous aime ?

DE'LIE.

Conduite par le Sort dans un bois écarté
J'ai, sans être apperçûë éclairci ce myftere :
Tibule foupirant au bord d'une onde claire
          N'y penfoit pas être écouté,
J'ai fçu dans ces beaux lieux le prix d'un cœur fincere.

PLAUTINE.

Je ne m'étonne plus fi votre empreffement
          Vous y ramene à tout moment.

DE'LIE.

Dans ces Jardins charmans Flore enchaîne Zéphire.
          Quel aimable Séjour
          Pour un cœur qui foupire !
Un Printems éternel y regne avec l'Amour.
Sous ces arbres témoins de mon bonheur suprême
          A chaque inftant je puis trouver
          Le plaifir de voir ce que j'aime
          Ou du moins celui d'y rêver.

Ballet Héroïque. *29*

Dans ces Jardins charmans Flore enchaîne Zéphire.
Quel aimable Sejour
Pour un cœur qui soupire !
Un Printems éternel y regne avec l'Amour.

Apperçevant Tibule.

Mais Tibule paroît ; éprouvons sa constance
Par une feinte confidence.

Délie & Plautine feignent de ne pas appercevoir Tibule,
& se promenent au fonds de l'allée où il est entré.

SCENE II.
DE'LIE, PLAUTINE, TIBULE,
déguisé en Esclave sous le nom d'Arcas.

TIBULE *à part sans voir Délie.*

MEcene dans ce jour près d'Auguste arrêté
Laisse ma flâme en Liberté....
Je vois Delie ; allons *... O Ciel ! que vais-je faire?

* *Tibule déguisé en Esclave appercevant Délie fait quelques*
pas pour l'aborder & s'arrête.

Loin de l'objet qui m'a sçu plaire
Mon cœur se croit toujours assez audacieux
Pour hazarder l'aveu de ma flâme sincere :

D iij

Mais quand cette beauté se présente à mes yeux,
Le Respect me force à me taire.

Amour, puissant Amour, fers les Amans discrets.

DE'LIE *à part à Plautine.*

Je vais faire éclater ses Sentimens secrets.

Haut à Tibule.

Venez Arcas , venez, j'ai remarqué le zele
Qui sur mes pas vient toujours vous offrir.

TIBULE *en Esclave.*

Il n'en est pas de plus fidele.

DE'LIE.

Pour prix de votre Foi je veux vous découvrir
Ce qui se passe dans mon ame.

TIBULE *en Esclave à part.*

Quel redoutable instant ! que je crains pour ma flâme !

DE'LIE.

Mon cœur dans un projet attend votre secours.

TIBULE *en Esclave.*

Je sçaurai, s'il le faut, vous immoler mes Jours.

DE'LIE.

Arcas, vous allez moins payer ma confiance.

TIBULE *en Efclave.*

Parlez.. vous balancez...ah! c'eft trop différer.

DE'LIE.

Eh! bien, il faut me déclarer;
J'aime affez votre impatience.

Je méprifois l'Amour, je fuyois fes plaifirs ,
Et je bornois tous mes defirs
A la tranquille Indifference.
En foumettant mon cœur à fa douce puiffance
L'Amour croit s'être bien vangé :
Je l'aurois plûtôt outragé
Si j'avois prévû fa vangeance.

TIBULE *en Efclave à part.*

Quel trouble affreux vient me faifir?

Haut à Délie.

Vous aimez donc?... l'Amour aura fçu vous choifir
Un Amant digne de vous plaire?

DE'LIE.

Le Dieu qui regne dans Cythere
Eft le plus éclairé des Dieux :
L'aimable choix qu'il m'a fait faire
Prouve bien qu'il n'a pas un bandeau fur les yeux.

Que pour moi dans ce jour votre zele s'empreſſe,
C'eſt à vous ſeul, Arcas, d'achever mon bonheur :
    Vous connoiſſez l'objet de ma tendreſſe,
Nul ne peut mieux que vous m'aſſurer de ſon cœur.

TIBULE *en Eſclave.*

Quelle barbare confidence !
Ah ! ne l'achevez pas , ceſſez de m'accabler
Ou mon funeſte Amour va rompre le ſilence ....

DE'LIE *feignant de la ſurpriſe.*

Arcas aime Délie ! & l'oſe reveler !
Mais Saturne & la fête excuſent votre offenſe ,
    Gardez-vous de la redoubler.

TIBULE *en Eſclave.*

Vous ignorez quel eſt l'Amant ſincere
A qui vous réfuſez juſqu'à votre colere.
Quel que ſoit le deſtin de mes tendres ſoupirs
Je veux brûler pour vous d'un ardeur éternelle ,
Je ſuſpens mes regrets , je contrains mes deſirs ,
Hélas ! ſans être heureux , je ſçais être fidele.

DELIE.

Parlez-moi de l'Amant qui ſoumet ma fierté ;
    Ce diſcours cent fois repeté
    Charmera mon Amour extrême.

                                    Lorſque

Lorfque d'un tendre cœur on veut être écouté,
Il faut ne lui parler que de l'objet qu'il aime.

TIBULE *en Efclave à part.*

Je ne puis plus fouffrir un fi cruel tourment;
Fuyons.

DE'LIE.

Reftez, Arcas ; c'eft en vous que j'efpere ;
Je ne pourrois fans vous voir ici mon Amant :
Mécene favorable à notre ardeur fincere
Veut bientôt nous unir par un Hymen charmant....

TIBULE *en Efclave.*

C'en eft trop, le refpect cede enfin à la rage :
Cruelle , terminez un aveu qui m'outrage * ......

* Délie le regarde d'un air riant.

O Ciel ! vous infultez à ma vive douleur ;
Mon defefpoir augmente, un nouveau feu me brûle..
Craignez que je n'immole à ma jufte Fureur
Le trop heureux objet de votre tendre ardeur . ....

DE'LIE.

Pourrez-vous immoler Tibule ?

TIBULE *en Efclave.*

L'ai-je bien entendu ? quel nom prononcez - vous ?

E

DE'LIE.

C'eſt le nom de l'objet de mes vœux les plus doux.

TIBULE *en Eſclave.*

Quel prix ! ô Dieux ! quel prix de ma perſévérance !
    Non, jamais l'Eſpérance
N'auroit oſé le promettre à mon cœur . .
Ah ! deviez-vous ſi tard m'aprendre mon bonheur !

DE'LIE.

Nos feux ſont approuvez : tout remplit notre attente.

TIBULE & DE'LIE.

Aimons-nous, aimons-nous, & qu'une ardeur conſ-
    tante
        Enflâme à jamais nos deſirs. *

    * *On entend un prélude qui annonce la Fête des*
Saturnales.

TIBULE *en Eſclave.*

On vient des tems heureux chanter la paix char-
    mante :
Puiſſe-t'elle toujours regner dans nos plaiſirs !

SCENE III.

DE'LIE, TIBULE *en Esclave*, PLAUTINE
BERGERS, BERGERES, ESCLAVES
Pantomines sous les habits de leurs Maîtres.

La Ferme s'ouvre ; les Jardins de Mecene paroissent il-luminez. On apperçoit au fonds un demi ovale d'arcades de verdure surmontées d'une balustrade de fleurs , ornée de girandoles & de vazes. Tous les Ifs sons taillez en guéri-dons & chargez de lumieres : des Lustres sont pendus aux branches des Arbres & aux Guirlandes qui les lient.

Marche.

CHOEUR.

Chantons, chantons cent & cent fois ;
Echos , répondez-nous : répondez à nos voix.
Chantons dans ces belles retraites :
Saturne, entens-nous dans les Cieux.
Que les Hautbois, que les Musettes
Celebrent le modele & des Rois & des Dieux.

TIBULE *en Esclave.*

Quand Saturne regnoit sous nos charmans om-
    brages
    De Mars inconnu dans nos champs
On ne redoutoit point les funestes ravages :
Et ses bruyans accords jamais dans nos boccages
Des Oiseaux amoureux n'interrompoient les chants,
Les Jeux de toutes parts voloient sur nos rivages :
    Dans ces tems heureux, les plaisirs
    N'habitoient pas loin des désirs.

DE'LIE.

    Son regne servoit de modele
    Même au Souverain de Paphos :
Jamais Amant plaintif n'attristoit les échos ;
    Les doux plaisirs d'une ardeur éternelle
    Sembloient ne durer qu'un instant :
On ignoroit les noms d'ingrat & d'infidele ;
    Zéphire même étoit constant.

Les Bergers & Bergeres célébrent par leurs danses le sié-
cle de Saturne & les Esclaves Pantomimes viennent sous
les habits de leurs Maîtres se mêler à la Fête.

UNE BERGERE.

Lorsque l'innocence
Guidoit les amours ;
La tendre constance
Les suivoit toujours.
Tous les cœurs tranquiles
Ne faisant qu'un choix
Aimoient dans les Villes
Comme dans les Bois.

CHOEUR.

Chantons, chantons cent & cent fois ;
Echos, répondez-nous : répondez à nos vo
Chantons dans ces belles retraites :
Saturne, entens-nous dans les Cieux.
Que les Hautbois, que les Musettes
Celebrent le modele & des Rois & des Dieux.

UNE BERGERE.

De nos Bocages
Fuyez les Ombrages
Vous qui ne cherissez que l'éclat de la Cour.
De nos Bocages
Fuyez les Ombrages,
Nous n'offrons dans nos Bois de l'Encens qu'à
l'Amour.

Charmant féjour,
Dans ce beau jour
Banniffez les volages;
Oifeaux fous ces feüillages
Charmez tour à tour
Par vos ramages
Les Echos d'alentour.
De nos Bocages
Fuyez les Ombrages
Vous qui ne cheriffez que l'éclat de la Cour.
De nos Bocages
Fuyez les Ombrages;
Nous n'offrons dans nos Bois de l'Encens qu'à
l'Amour.

Et entre les Danfes de la fin de l'Entrée, on chante
le Menuet fuivant.

O tems heureux, où la Terre & l'Onde
Dans une Paix profonde
Se trouvoient toujours !
Dans nos Champs, les Amours
S'expliquoient fans détours;
Leur Loi fuprême
Regloit tous nos pas.
O tems heureux, lorfqu'on ne difoit point j'aime
Quand on n'aimoit pas.

FIN.

APPROBATION.

J'Ai lû, par ordre de Monseigneur le Garde des Sceaux, les *Feux Olympiques*, *Fêtes Saturnales*, *Fêtes Grecques & Romaines*, Opera avec son Prologue ; & j'ai crû que l'ingenieuse Galanterie de cet Ouvrage plairoit fort au Public. Fait à Paris ce neuviéme Juillet mil sept cent vingt-trois.

HOUDAR DE LA MOTTE.

PRIVILEGE DU ROY.

LOUIS par la grace de Dieu Roi de France & de Navarre : A nos amés & feaux Conseillers les gens tenant nos Cours de Parlement, Maîtres des Requêtes ordinaires de notre Hôtel, Grand Conseil, Prevôt de Paris, Baillifs, Senechaux, leurs Lieutenans Civils, & autres nos Justiciers qu'il appartiendra, Salut. Les Sieurs Besnier Avocat en Parlement, Chomat, Duchesne, & de la Val de S. Pont, Bourgeois de notre bonne ville de Paris, Nous ont fait remontrer, qu'en consequence de l'Arrêt de notre Conseil du 12. Decembre 1712. du Traité fait entre eux & les Sieurs de Francine & Dumont le 24 desd. mois & an, & de nos Lettres Patentes du 8. Janvier ensuivant, confirmatives du Traité, ils auroient acquis le Privilege de faire representer les Opera durant le tems de vingt années, à compter du 10. Aout 1712. ainsi que le Privilege de la vente des Paroles desd. Opera, lesquelles ils desireroient faire imprimer pour les donner au Public, s'il Nous plaisoit leur accorder nos Lettres de Privilege sur ce necessaires. A CES CAUSES desirant favorablement traiter les Exposans, attendu les charges dont l'Académie Royale de Musique se trouve oberée, & les grandes dépenses qu'il convient de faire tant pour l'impression que pour la gravûre en taille-douce des Planches dont ce Livre sera ornés, Nous leur avons permis & permettons par ces Presentes de faire imprimer & graver les Paroles & la Musique de tous lesd. Opera, qui ont été ou qui seront representez par d'Académie Royale de Musique, tant separément que conjointement, en telle forme, marge, caractere, nombre de volumes & de fois que bon leur semblera, & de les faire vendre & debiter par tout notre Royaume pendant le tems de dix neuf années consecutives, à compter du jour de la date desdites Presentes. Faisons défenses à toutes personnes, de quelque qualité & condition qu'elles puissent être, d'en introduire d'impression étrangere dans aucun lieu de notre obéissance, & à tous Imprimeurs, Libraires, Graveurs, & autres, d'imprimer, faire imprimer, vendre, faire vendre, debiter, ni contrefaire lesdites impressions, planches & figures, en tout ni en partie, sans la permission expresse & par écrit desdits Sieurs Exposans, ou de ceux qui auront droit d'eux, à peine de confiscation des Exemplaires contrefaits, de six mille liv. d'amende contre chacun des contrevenans, dont un tiers à Nous, un tiers à l'Hôtel-Dieu de Paris, l'autre tiers ausdits Sieurs Exposans, & de tous dépens, dommages & interêts, à la charge que ces Presentes seront enregistrées tout au long sur le Registre de la Communauté des Imprimeurs & Libraires de Paris, & ce dans trois mois de la date d'icelles, que la gravûre & impression desdits Opera sera faite dans notre Royaume & non ailleurs, en bon papier & en beaux caractes, conformement aux Reglemens de la Librairie, & qu'avant de les exposer en vente il en sera mis deux Exemplaires dans notre Bibliotheque publique, un dans celle de notre Château du Louvre, & l'autre dans celle de notre tres-cher & feal Chevalier Chancelier de France le Sieur Phelypeaux. Comte de Pontchartrain, Commandeur de nos Ordres, le tout à peine de nullité des Presentes, du contenu desquelles vous mandons & enjoignons de faire jouir lesd. Sieurs Exposans, ou leurs ayant cause, pleinement & paisiblement, sans souffrir qu'il leur soit fait aucun trouble ou empêchement. Voulons que la copie desdites Presentes, qui sera imprimée au commencement ou à la fin desd. Opera, soit tenuë pour dûement signifiée, & qu'aux copies collationnées par l'un de nos amés & feaux Conseillers & secretaires foi soit ajoutée comme à l'Original. Commandons au premier notre Huissier ou Sergent de faire pour l'execution d'icelles tous Actes requis & necessaires, sans demander autre permission, & nonobstant Clameur de Haro, Charte Normande & Lettre à ce contraires : Car tel est notre plaisir. Donné à Versailles le 10. jour d'Aou l'an de Grace 1713 & de notre Regne le soixante onziéme. Par le Roi en son Conseil Signé BESNIER avec paraphe, & scellé.

Nous avons cedé à M. Ribou le present Privilege suivant le Traité fait avec lui le 17 Juillet dernier 1713. A Paris le 22. Aout 1713. Signé BESNIER

Registré sur le Registre avec la Cession, n. 3. de la Communauté des Libraires & Imprimeurs de Paris, page 648. n. 741. conformement aux Reglemens, & notamment à l'Arrêt du 3. Août 1703. Fait à Paris ce 11. Septembre 1713. L. JOSSE, Syndic.

A PARIS. De l'Imprimerie de J. B. LAMESLE, ruë des Noyers. 1713.